Axel Scheffler • Julia Donaldson

Räuber Ratte

Aus dem Englischen von Salah Naoura

BELTZ
& Gelberg

Räuber Ratte war ein Schurke,
Räuber Ratte war ein Dieb.
Reisenden stahl er das Essen,
bis kein Krümel übrig blieb.

Seine Zähne, die war'n spitz,
sein Benehmen war gemein.
Und Räuber Ratte ritt.
Er ritt und ritt und ritt,
und das Essen, das er raubte,
stopfte er in sich hinein!

Ein Kaninchen kam des Wegs
und Schreckliches geschah:
Räuber Ratte sprang hervor
und brüllte: »Halt! Wer da?

Hände hoch und her mit Kuchen,
her mit Süßkram und Gebäck,
denn ich, der Räuber Ratte,
klau dir alles weg!«

»Keks und Kuchen hab ich nicht,
bloß ein bisschen Klee ...«
»Pfui Teufel, aber gib schon her,
ich klaue, was ich seh!

Klee schmeckt einfach ekelhaft,
Klee frisst kein normales Tier.
Doch ich bin Räuber Ratte!
Ich reite, reite, reite,
und ich raube, raube, raube,
und der Klee gehört jetzt *mir*!«

Ein Eichhorn kam die Straße längs
und fürchtete sich sehr,
denn Räuber Ratte ritt herbei
und brüllte: »Halt, gib her!

Gib mir Kekse, gib mir Kuchen,
so was hast du doch bestimmt.
Ich bin nämlich Räuber Ratte,
der, der *alles* nimmt!«

»Keks und Kuchen hab ich nicht,
nur Nüsse sind im Sack.«
»Kein Gerede!«, brüllte Ratte.
»Her damit, zack, zack!

Diese Nüsse sind vergammelt,
viel zu hart und widerlich.
Doch ich bin Räuber Ratte!
Ich reite, reite, reite,
und ich raube, raube, raube,
und der Sack da ist für *mich*!«

Eine Truppe Ameisen
blieb erschrocken stehen,
denn Räuber Ratte brüllte:
»Stopp, nicht weitergehen!

Gebt mir eure Bonbons,
Geht nicht gibt es nicht!
Denn ich bin Räuber Ratte,
dem keiner widerspricht!«

»Wir haben keine Bonbons,
nur ein grünes Blatt!«
»Irrtum«, sagte Ratte,
ich bin's, der es hat!

Diese Blätter schmecken bitter,
davon ess ich lieber keins.
Doch ich bin Räuber Ratte!
Ich reite, reite, reite,
und ich raube, raube, raube,
euer Blatt, das ist jetzt *meins*!«

Tag für Tag und Jahr für Jahr
benahm sich Ratte so.

Er klaute Fliegen,

klaute Milch

und seinem Pferd das Stroh!

Die armen Tiere wurden dünn,
ihr Leben war kein Spaß.

Futter hatte nur die Ratte,
und sie fraß und fraß …

Eines Tags kam eine Ente,
watschelte und freute sich,

bis Ratte rief: »Du hast ja nichts,
also ess ich *dich*!
Sicher bist du alt und zäh,
so was nimmt man bloß zur Not.

Doch ich bin Räuber Ratte!
Ich reite, reite, reite,
und ich raube, raube, raube,
und zwar *dich*, als Abendbrot!«

»Nicht so eilig«, sprach die Ente.
»Wenn du wirklich hungrig bist,
Bring ich dich zu meiner Schwester,
die gern Keks und Kuchen isst!

Sie wohnt auf einem hohen Berg,
der eine Höhle hat,
voll bis obenhin mit Kuchen –
davon wird man satt!«

»Führ mich hin!«, rief Räuber Ratte.
Sie ritten furchtbar weit.
Immerzu den Berg hinauf,
lange, lange Zeit.

Schließlich waren sie am Ziel,
und die Ente rief vor Glück:
»Hallo, meine Schwester,
du gute, liebe Schwester!«

»Hast du wirklich leckren Kuchen?«,
schrie Ratte wie von Sinnen.

»Leckren *Kuchen*, leckren *Kuchen!*«,
tönte es von drinnen.

Der Räuber rief: »Ich hol ihn!«,
und sah ganz gierig aus.

»*Hol ihn*, hol ihn, *hol ihn!*«,
hallte es heraus.

Räuber Ratte schritt zur Tat und fühlte sich ganz groß …

Die Ente aber stieg aufs Pferd,
dann ritt sie eilig los.

Immer schneller lief das Pferd,
setzte über Stock und Stein.
Und die Ente ritt …
Sie ritt und ritt und ritt,
denn die vielen armen Tiere
sollten nie mehr hungrig sein.

In Räuber Rattes Satteltaschen
war genug zu essen.
Jeder wurde richtig satt,
die Sorgen war'n vergessen!

Sie feierten ein großes Fest
mit Glanz und Tanz und viel Gesang.
Nun waren sie für immer frei,
ihr ganzes Leben lang.

Räuber Ratte in der Höhle
fand den Rückweg nicht,

tappte durch den ganzen Berg,
dann erst sah er Licht.

Räuber Ratte, sehr viel dünner,
raubt und reitet nun nicht mehr –
er arbeitet beim Bäcker!
Zwischen leckren Kuchen, Kuchen,
muss er Krümel fegen, fegen,
und das fällt ihm ziemlich schwer!

Für Dominic – J.D.

Für Adélie – A.S.

www.beltz.de
© 2011 Beltz & Gelberg
in der Verlagsgruppe Beltz · Weinheim Basel
Alle Rechte der deutschsprachigen Ausgabe vorbehalten
Die Originalausgabe erschien unter dem Titel *The Highway Rat*
bei Alison Green Books, an imprint of Scholastic Children's Books, London
Bilder © 2011 Axel Scheffler
Text © 2011 Julia Donaldson
Aus dem Englischen von Salah Naoura
Neue Rechtschreibung
Satz: Renate Rist, Lorsch
Printed in Malaysia
ISBN 978-3-407-79447-5
5 6 7 8 9   16 15 14

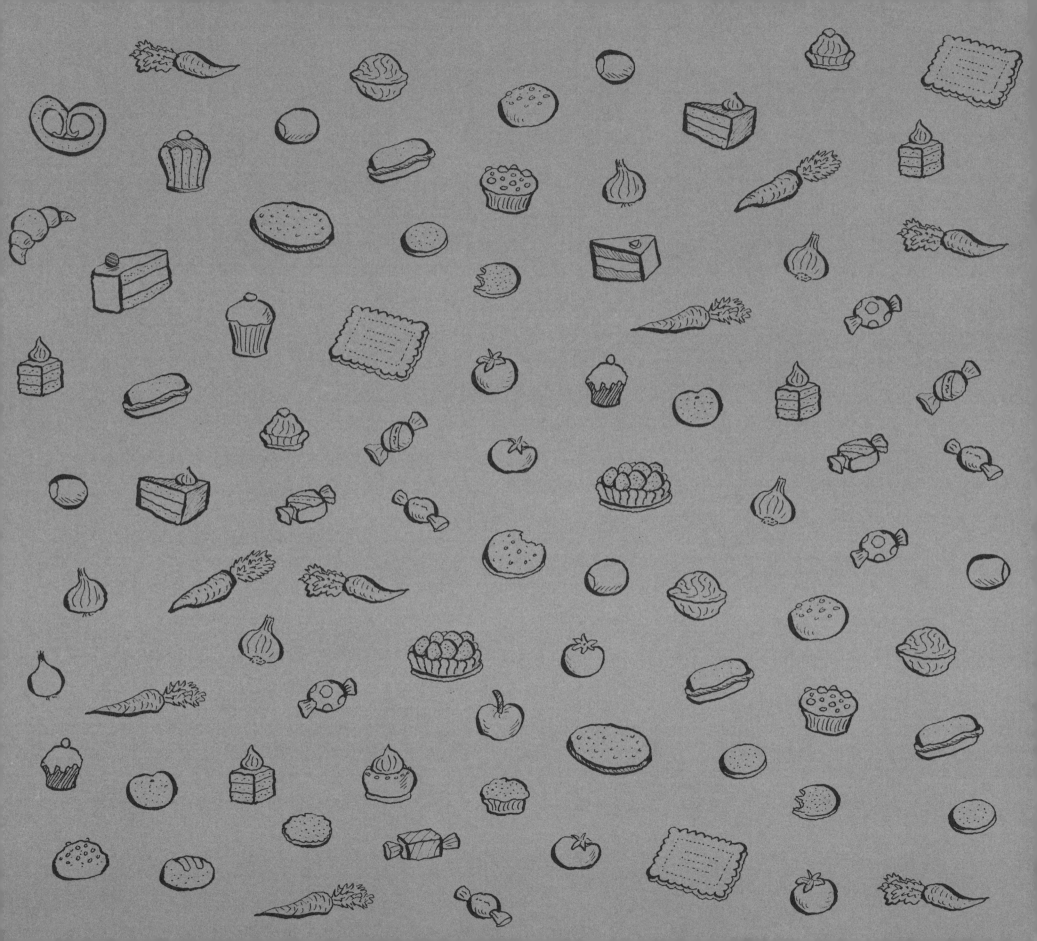